Tonke Dragt

Der Roboter vom Flohmarkt – Route Z

Aus dem Niederländischen
von Gottfried Bartjes

Verlag Freies Geistesleben

ISBN 3-7725-2013-8

Die Originaltitel der beiden Geschichten lauten «De robot van de Rommelmarkt» und «Route Z». «De robot van de Rommelmarkt» ist 1967 im Verlag Wolters-Noordhoff, Groningen erschienen.

Die 1. Auflage dieser Ausgabe erscheint 1997
im Verlag Freies Geistesleben
mit freundlicher Genehmigung von
Uitgeverij Leopold, Amsterdam

Nach den Richtlinien der neuen Rechtschreibung
Einband und Illustrationen: Collagen von Tonke Dragt.
Druck und Bindung: Clausen & Bosse, Leck

Inhalt

Der Roboter vom Flohmarkt

1.

Draußen regnete es, im Klassenzimmer aber schien die Sonne. Eine künstliche Sonne – vielleicht sogar besser als die echte. Die Kinder saßen an ihren weißen Tischen. Sie trugen Kopfhörer und lauschten dem Zentralen Rechenlehrer, der ihnen Aufgaben stellte. Sie berechneten diese, indem sie die Tasten der Computer drückten, die vor ihnen standen. War die Antwort richtig, so erschienen die eingegebenen Zahlen blau auf dem Bildschirm. War sie falsch, leuchteten die Zahlen orange auf. Letzteres kam allerdings nur selten vor, da die Kinder nicht selbst zu rechnen brauchten; dafür hatten sie ja die Computer. Aber natürlich konnte man immer noch eine falsche Taste drücken. Genau das tat Edu in diesem Moment – bereits zum zweiten Mal! Sogleich tadelte ihn die Stimme des Zentralen Rechenlehrers über den Kopfhörer:

«Edu Jansen, du hast die Drei mit der Fünf verwechselt. Ist es denn so schwierig, die Zahlen von Eins bis Zehn auswendig zu kennen? Die Maschinen machen zwar fast alles, doch wenigstens etwas musst du auch noch tun!»

Edu seufzte. Er sollte sich wirklich besser konzentrieren, sonst würde er garantiert nachsitzen müssen. Und heute war bereits ein so langer Schultag – von neun bis elf Uhr! Trotzdem konnte er nicht anders: immer wieder musste er zur Tür hinübersehen. In Kürze würde der

Roboter hereinkommen, der die Hausarbeiten abholte und durchsah ...

«Aufpassen, Edu Jansen!», tönte es aus dem Kopfhörer. «Wieviel ist 25 mal 13?»

Edu drückte die Tasten – in blauen Ziffern erschien das Ergebnis auf dem Bildschirm. Das war glücklicherweise überstanden!

Die Wand vor ihm wurde angestrahlt. Wie die anderen Kinder nahm auch er den Kopfhörer ab. Der Sonnenschein ließ etwas nach (natürlich nicht durch Wolken), und eine metallische Stimme hallte durch den Raum: «Wir beginnen jetzt unsere Stunde Weltraumkunde. Marga Visser, schlag dein Lesebuch auf und lies Seite 14 vor.»

Marga stand auf und legte das Buch auf das Pult des Vorleseapparates, der in der Mitte des Klassenzimmers stand. Sie drückte auf verschiedene Knöpfe, und unverzüglich begann der Apparat zu sprechen: *«Die Planeten kreisen in ellipsenförmigen Bahnen um die Sonne ...»*

Edu dachte: Wie gut, dass die Maschine das alles erledigt! Vater sagt, dass es 26 Buchstaben gibt ... Nicht auszudenken, wenn man die alle kennen müsste! Zum Rechnen braucht man wenigstens nur zehn Zahlen ... Gestern, in der Geschichtsstunde, hatte er gelernt, dass man früher in der Schule doch tatsächlich selbst lesen lernen musste – Buchstabe für Buchstabe, Wort für Wort, Seite für Seite.

« ... Mars, Erde, Venus, Merkur ...», redete der Vorleseapparat weiter.

«Gut gemacht, Marga», sagte die Metallstimme. «Stell den Apparat jetzt ab. Wir wollen uns nun den roten Planeten ansehen, der Mars genannt wird ...»

Die Wand wurde dunkel, und dann begannen Sterne auf ihr zu funkeln. Edu schaute aufmerksam hin; von Weltraumkunde hielt er viel mehr als von Rechnen. Jetzt erschien der Mars, wurde immer größer und deutlicher. «Seht, dort sind die Wüsten», sagte die Metallstimme. «Und genau hier, an dieser Stelle, setzten zum ersten Mal Menschen ihren Fuß auf den Mars ...»

Die Viertelstunde flog nur so dahin. Die Sonne erstrahlte wieder heller, und kurz darauf öffnete sich die Tür. Der Hausarbeiten-Roboter glitt herein. Er rollte an allen Kindern vorbei, und diese schoben ihre Arbeiten in den Schlitz an seinem Rumpf. Bei Edu verweilte er länger. «Ich warte auf deine Hausarbeit», sagte er mit seiner monotonen Stimme.

Edu wurde rot und stammelte: «Ich ... ich habe sie vergessen.»

«Du hast deine Hausaufgaben nicht gemacht», fragte der Roboter. Seine Stimme klang so eintönig wie immer, aber seine Augenlichter flammten auf.

«Nein, Roboter», antwortete Edu. «Aber es ist nicht meine Schuld! Unser Haus-Roboter ist defekt.»

«Das ist keine Entschuldigung», sagte der Hausarbeiten-Roboter.

«Er konnte sie wirklich nicht machen!», beteuerte Edu. «Er ist überlastet und muss in Reparatur.»

«Edu Jansen», sagte der Hausarbeiten-Roboter, «du musst Arbeiten, die dir aufgegeben wurden, dabeihaben – ein überlasteter Roboter ist keine Entschuldigung. Dann muss ein Ersatz-Roboter sie machen oder du musst einen Roboter dafür anmieten ... oder sie selbst ausrechnen.»

«Sie selbst ausrechnen?», flüsterte Edu entsetzt.

«Ja. Auf jeden Fall aber hast du deine Hausaufgaben dabeizuhaben. Daher musst du heute nachsitzen und die Aufgaben hier machen. Obendrein erhältst du vom Zentralen Rechenlehrer als Strafe eine Aufgabe zusätzlich.»

Der Roboter rollte weiter. Edu sagte nichts mehr; es würde doch nichts ändern. Und zumindest, so fiel ihm plötzlich ein, hatte er hier Computer. Alles war besser, als die Aufgaben selbst ausrechnen zu müssen.

«Wie geht es Helfer?», fragte Edu, als er nach Hause kam. Helfer war der Name ihres Roboters.

«Kannst du nicht erst Guten Tag sagen?», bemerkte sein Vater.

«Guten Tag, Edu», sagte seine Mutter. «Du kommst heute aber spät!»

«Ich musste nachsitzen», erklärte Edu missmutig. «Nur, weil ich meine Hausaufgaben nicht machen konnte. Und dabei ist es doch auch eure Schuld, dass Helfer überlastet ist! Er muss viel zu viel tun: das Haus putzen, alle Einkäufe und Vaters Arbeit machen. Aber Vater bekommt keine Strafe, wenn er die nicht gemacht hat! Könnt ihr denn keinen neuen Roboter kaufen?»

«Der alte ist noch gut genug», meinte sein Vater. «Ich habe ihn heute Morgen abholen lassen; in einer Woche ist er wieder zurück, generalüberholt.»

«In einer Woche erst?», rief Edu entsetzt aus. «So lange?»

«Wir mieten uns einen kleinen Roboter für die groben Arbeiten», sagte seine Mutter. «Eine Woche können wir uns doch bestimmt selber helfen.»

Aber Edu war unzufrieden. «Viele Familien haben

mehrere Roboter. Bei Ivor zu Hause sind es sogar vier – einer davon nur für die Hausaufgaben!»

«Ivors Eltern haben auch sechs Kinder», erinnerte ihn sein Vater. «Ich kaufe erst einen neuen Roboter, wenn du den Test bestanden hast und auf die weiterführende Schule gehst. Wer weiß, vielleicht ist dann ein Roboter notwendig, der Algebra oder Weltraumkunde beherrscht. Und die sind nicht billig, Edu! Wir sind nicht so reich, dass wir uns alles leisten können. Noch dazu haben wir gerade erst ein komplett neues Fernsehzimmer gekauft – das wolltest du doch auch?»

Edu nickte stumm. Aber im Innersten war er überzeugt, dass seine Eltern übertrieben sparsam waren. Wahrscheinlich kam das daher, weil sein Vater ziemlich altmodisch war. Andauernd betonte er, dass er keine Häuser mochte, in denen er alle naselang über Roboter stolpere.

Ich könnte selber einen kaufen, dachte Edu. Ich habe fünf Doldars vom Taschengeld gespart – und dann habe ich nochmal sechs von meinem Geburtstag. Wieviel sind das zusammen? Er zählte es an den Fingern ab … So ein Mist, dass Helfer nicht da war; der könnte das viel schneller ausrechnen. «Zehn und eins», murmelte er. «Das macht elf. Das kann ich leicht behalten, denn ich bin genauso viel Jahre alt.» Aber ein Roboter kostete viel mehr als elf Doldars …

Edu wollte schon ins Fernsehzimmer gehen, als ihm plötzlich eine Idee kam. Wenig später zog er sich im Flur seine durchsichtige Kapuzenjacke an. «Ich gehe noch mal weg!», rief er seiner Mutter zu und lief aus dem Haus.

Edus Eltern hatten beide ein Atom-Mobil, aber er selbst besaß keines. Noch so eine altmodische Ansicht seines Vaters. «Der Junge hat doch zwei Beine», hatte er gesagt, «und solange er noch nicht zwölf ist, soll er die ruhig gebrauchen. Wenn er eine gute Kapuzenjacke anzieht, kann ihm die frische Luft auch nicht schaden.»

Und eigentlich fand Edu es auch nicht schlimm, laufen zu müssen – dadurch hatte er schon viel Interessantes entdeckt. Er kannte einen Garten, in dem echtes Gras wuchs (im Naturreservat gab es das natürlich auch, aber dorthin konnte schließlich jeder gehen). Und er wusste vom Flohmarkt. Dieser befand sich in einem entlegenen Winkel der Stadt, wo beinahe niemand mehr hinging. Alte Sachen und Antiquitäten gab es ja auch im Supermarkt. Aber Edu hatte auf dem Flohmarkt schon viele interessante Dinge – wie Maschinenteile oder beschädigte Raumschiffmodelle – aufgestöbert, die sehr günstig zu bekommen waren. Es wurde wirklich Zeit, sich wieder einmal dort umzusehen. Wer weiß, dachte er, vielleicht gibt es dort auch gebrauchte Roboter.

Er brauchte nicht den ganzen Weg zu laufen – nur das letzte Stück; den Rest legte er bequem auf einem Rollsteig zurück. Heute ging es auf dem Flohmarkt noch ruhiger zu als sonst; vielleicht, weil es immer noch regnete. Edu schlenderte an den Läden vorbei … und blieb plötzlich wie angewurzelt stehen. Sein Herz begann schneller zu schlagen, und er hielt die Luft an.

Da stand ein Roboter – ein altes Modell, ein wenig rostig und ramponiert, aber nichtsdestotrotz: ein echter Roboter! Ein schmuddeliges Schild, auf dem etwas geschrieben stand, hing an seinem Hals. Edu konnte es natürlich nicht lesen; aber einen Buchstaben entzifferte er: ein E. Und damit begann der Text. Er betrat den Laden. Drinnen saß ein alter Mann, der an einem Elektronenschaltkreis herumlötete. Als Edu vor ihm stand, sah er auf und fragte:

«Ja?»

«D...darf ich mich ein wenig umsehen?», stotterte Edu aufgeregt.

«Nur zu», sagte der alte Mann. «Ich habe jede Menge Maschinenteile und antike Bücher. Aber die kannst du ja doch nicht lesen.»

«O doch», widersprach Edu. «Ich gehe zur Schule.»

«Mit einem Vorleseapparat?», fragte der alte Mann.

«Selbstverständlich. Unserer kann sogar die schwierigsten Bücher lesen!»

«Und die verstehst du dann auch?»

«Naja ... ich weiß nicht», sagte Edu. Er deutete auf das Schild, das am Hals des Roboters hing, und fragte: «Was steht denn da?»

«Zu dumm, dass du keinen Vorleseapparat dabeihast», sagte der alte Mann. «Wenn du etwas schreiben musst, diktierst du es sicher deiner Schreibmaschine?»

«In der Schule schon», antwortete Edu. «Zu Hause macht das unser Roboter. Doch der ist überlastet ... Was steht denn nun auf dem Schild? ... Es beginnt mit einem E.»

«Woher weißt du das?», fragte der alte Mann.

«Mein Name beginnt auch damit. Ich heiße Edu.»

«Nun, Edu, dort steht: *Einschließlich Elektronenschaltkreis*.»

«Einschließlich womit denn?»

«Einschließlich des Roboters – wenn man ihn kauft ... aber du hast ja bereits einen.»

«Der gehört meinen Eltern», sagte Edu. «Und er hat so viel zu tun, dass er dann zu müde ist, um meine Hausaufgaben zu machen.»

«Dieser Roboter hier ist zwar alt, aber noch lange nicht müde», sagte der alte Mann. «Und er kostet nur 25 Doldars.»

Edu berührte mit einer Hand den Roboter. Ein ulkiges Gesicht hatte der und kugelrunde Augenlichter. Vorsichtig drehte er an einem der vielen Knöpfe. «Sie leuchten ja gar nicht!», rief er.

«Aber ja doch – sobald ich diesen Schaltkreis wieder eingesetzt habe», sagte der alte Mann. «Zumindest sein linkes Augenlicht. Für das rechte Auge könnte ich dir eine alte Glühbirne geben. Ich baue sie auch gleich ein, wenn du ihn haben willst.»

Edu wandte sich wieder um; gerade noch rechtzeitig fiel ihm ein, dass man sich auf dem Flohmarkt nie zu interessiert zeigen durfte. «Hmm», brummte er mit gespielter Gleichgültigkeit. «Er ist doch ziemlich abgenutzt. Er hat ja nicht einmal Rollen an den Füßen!» (Aber im Stillen dachte er: Ich könnte doch meine elektrischen Rollschuhe darunter montieren.)

«Du kannst nicht alles haben – für einen so niedrigen Preis», sagte der alte Mann. «Das ist ein echtes Schnäppchen, mein Junge! 25 Doldars, Elektronenschaltkreis inklusive.»

Edu holte tief Luft. «Für meine Hausaufgaben könnte ich schon einen Roboter gebrauchen ...», begann er.

«Genau dafür eignet sich dieser Roboter vorzüglich!»

ACTION COMICS
on the inward the
60
20 70
55
45
90
60
15
65
70

«Was kann er denn?», erkundigte sich Edu. «Kann er rechnen?»

«Hast du das Zahlenfeld nicht gesehen? Er kann addieren und subtrahieren.»

«Und multiplizieren? Dividieren?»

«Nein, das nicht», sagte der alte Mann. «Naja, dafür kannst du jederzeit ein neues Element in seinen Kopf einsetzen. Er hat noch freie Steckplätze in seinem Elektronengehirn. Sieh nur.»

«Das stimmt», sagte Edu zögernd. «Aber ...»

«Du bist doch alt genug, um so etwas selbst zusammenzubasteln! Ich lasse ihn dir für 22 Doldars – nur weil du das E kennst.»

«25 ... 22 ...», murmelte Edu mit gerunzelter Stirn und fragte dann: «Kann er lesen?»

«Nein, lesen kann er nicht.»

«Ja, was kann er denn?», rief Edu. Und doch fühlte er sich unwiderstehlich angezogen: er musste den Metallarm noch einmal streicheln. Er mochte diesen eigenartigen, rostigen Roboter, auch wenn dieser noch kein Wort gesagt hatte.

«Er kann reden, zuhören und laufen – zumindest, wenn du neue Fußrollen montierst. Des Weiteren kann er schreiben – aber nur Druckbuchstaben –, einkaufen gehen, den Garten pflegen, staubwischen und Gedichte aufsagen.»

«Gedichte?»

«Ja. Der Mann, der diesen Roboter gebaut hat, war ein eigenartiger Kauz. Hinten im Nacken ist sein Name in eine Platte graviert – lies nur ... Ach so, das kannst du ja nicht. Ist auch egal.» Der alte Mann sah Edu mit glänzenden Augen an. «Er kann bestimmt noch viel mehr!», sagte er. «Schau nur, wie riesengroß sein Kopf ist. Ich habe ihn noch nicht völlig ausprobiert, weißt du. Er hat einen besonderen Frage-und-Antwort-Knopf ...»

«Oh!», seufzte Edu voller Verlangen. Aber er riss sich zusammen und sagte: «Aber ich brauche ihn doch für meine Hausaufgaben. Und wenn er nicht lesen kann ...»

«Du kannst doch jederzeit ein Lese-Element einsetzen! Oder bist du im Elektronikbasteln zu ungeschickt?»

«Na ja, es geht», sagte Edu.

«Du kannst mich jederzeit um Rat fragen», bot der alte Mann an. «Fändest du es nicht toll, deinen eigenen Roboter zu besitzen?»

«Ich habe nur elf Doldars», sagte Edu leise.

Der alte Mann rieb sich die Nase. «Nun», meinte er, «wenn du mir die jetzt gibst, kannst du den Rest in Raten abstottern. Ich will 20 Doldars dafür, Elektronenschaltkreis und Glühbirne inklusive. Weiter gehe ich mit dem Preis nicht runter!»

Edu rechnete mit den Fingern.

«Der Roboter hier kann das in einer Sekunde für dich ausrechnen», sagte der alte Mann. «Neun Doldars bist du mir dann noch schuldig!»

«Einverstanden!», rief Edu, der vor Aufregung einen roten Kopf bekommen hatte. «Aber erst will ich noch sehen, wie er redet und sich bewegt.»

«Hab noch einen Augenblick Geduld», sagte der alte Mann, «dann setze ich den Schaltkreis ein, und du kannst ihn gleich mit nach Hause nehmen.»

II.

Viel zu spät kam Edu zu Hause an. Seine besorgten Eltern vergaßen jedoch, ihm eine Standpauke zu halten, als sie sahen, was er mitbrachte.

«Puh!», stöhnte Edu. Es war keine Kleinigkeit gewesen, den Roboter ohne Fußrollen heil nach Hause zu bekommen! Aber er hatte es geschafft. «Mein eigener Roboter», sagte er stolz. «Vom Taschengeld gekauft.»

«Du lieber Himmel», sagte seine Mutter, «was für ein unhandliches Spielzeug.»

«Er ist kein Spielzeug!», erwiderte Edu ein wenig wütend. «Ich habe ihn für meine Hausaufgaben gekauft.»

«Kann er das denn?», fragte seine Mutter zweifelnd.

Edus Vater fand es jedoch in Ordnung. «Für einfache Arbeiten ist er sicher zu gebrauchen», sagte er. «Wie funktioniert er?»

«Mit einem Elektronenschaltkreis», sagte Edu. «Schau!». Während des Essens redete er ununterbrochen. «Er kann meine Rollschuhe als Fußrollen haben. Und wenn ich Herrn Ing meine Schuld abbezahlt habe, spare ich für ...»

«Wer ist denn Herr Ing?»

«Der alte Mann vom Flohmarkt. Er hat versprochen, ein gebrauchtes Element für mich zurückzulegen. Wenn man das ein wenig aufpoliert, ist es so gut wie neu! Bob hat einen großen Kopf und ...»

«Bob? Wer ist das schon wieder?»

«Der Roboter natürlich», sagte Edu. «Ich werde so viel wie möglich in seinen Kopf hineinstopfen – so lange, bis er alles für mich tun kann!» Seine Augen leuchteten bei dem Gedanken an die viele Freizeit, die ihm das einbringen würde …

Es war ein feierlicher Moment, als er den Roboter aktivierte. Dieser saß auf einem Stuhl; er war noch etwas unsicher auf den Beinen und konnte natürlich nicht laufen. Edu drückte den weißen Startknopf. Der Roboter begann zu summen, und seine Augen glommen langsam auf.

«Bob», sagte Edu, «das sind mein Vater und meine Mutter.»

«NG-NGNGNG!», machte der Roboter. «Ah … aah … aaannngeneeeehm!»

«Er sagt: ‹Angenehm›», sagte Edu.

«Angenehm, ihre Bekanntschaft zu machen», sprach der Roboter. Seine Stimme war monoton und krächzte ein wenig. Sein Kopf wackelte hin und her; sein rechtes Augenlicht blinkte.

«Er ist noch etwas schüchtern», sagte Edu. «Er ist schon lange nicht mehr in einem normalen Haus gewesen.»

«Lange nicht mehr in einem Haus gewesen», wiederholte der Roboter. «*Nicht im Osten oder Westen, nur zu Hause ist's am besten* … Bob ist der Name dieses Roboters. Bob.»

«Willkommen bei uns, Bob», sagte Edus Vater freundlich. «Ich hoffe, dass du viel für meinen Sohn tun kannst.»

«Danke, mein Herr, Vater von Edu», sprach der Roboter. «Aber Bob kann nicht alles. Ihm fehlen die Füße.»

«Ich habe dir doch ein neues Paar versprochen!» sagte Edu. «Und, äh … erst müssen wir miteinander reden.» Er sah seine Eltern an und fragte: «Darf ich ihn mit in mein Zimmer nehmen?» Nur zu gerne wollte er jetzt mit Bob allein sein. Im Grunde seines Herzens befürchtete er, dass seine Eltern den Roboter ein wenig seltsam und altmodisch fänden.

«Na gut», sagte seine Mutter. «Aber in einer halben Stunde komme ich, um dir Gute Nacht zu sagen, und dann musst du auch schlafen.»

Wenig später lag Edu bäuchlings auf seinem Bett und bewunderte den Roboter, der neben dem Bett auf einem Stuhl saß.

«Sag etwas!», forderte er ihn auf.

«Was soll Bob sagen», sprach der Roboter.

«Ach, was du willst.»

«Dann musst du Bob in den Freilauf schalten», sagte der Roboter. «Der grüne Schalter unter dem Startknopf.»

Edu tat dies.

«Bob wurde gebaut zur Hilfe und Zerstreuung», begann der Roboter.

«Zerstreuung? Was ist das denn?», fragte Edu.

«Das musst du in einem Wörterbuch nachsehen», antwortete der Roboter. «Bob arbeitet jetzt im Freilauf, und ein Wörterbuch ist er nicht.»

«Du kannst nicht einmal lesen!», sagte Edu ziemlich entrüstet.

«Bob kann nicht lesen, aber er hat schöne Verse in seinem Gedächtnis. Bobs Konstrukteur liebt Gedichte …»

«Wer hat dich denn gebaut?», hakte Edu ein.

Der Roboter beachtete seine Zwischenfrage gar nicht, sondern sprach weiter:

Galathea, sieh – der Tag bricht an.
Nein, Liebster mein, das währet noch;
die Sterne sind's, die fernen … *

Edu verstand kein Wort davon; er streckte seine Hand aus und drückte den Frage-und-Antwort-Knopf.

«He-e-e», sagte der Roboter unter fürchterlichem Krachen.

«Wer hat dich gebaut?», fragte Edu noch einmal.

«Bob weiß es und weiß es doch nicht. Lies den Namen von Bobs Konstrukteur in seinem Nacken.»

«Ich kann nicht …», begann Edu, fuhr dann aber fort: «Du musst noch eine ganze Menge lernen, Bob! Aber dafür kannst du ja nichts; du bist sehr alt.»

«Sehr alt», bestätigte der Roboter. «Bob weiß noch, wie schön er aussah, als er gerade gebaut war. Bob ist ein Roboter mit Gedächtnis.»

«Alle Roboter haben ein Gedächtnis», sagte Edu.

«Ist das wahr?», fragte der Roboter.

Edu kam es vor, als ob er enttäuscht aussähe. «Erinnerst du dich daran, wie die ersten Menschen auf dem Mars landeten?», erkundigte er sich schnell.

«Nein, niemand hat Bob etwas darüber erzählt», antwortete der Roboter.

«Weißt du über die Planeten Bescheid?»

* Diese Zeilen entstammen dem Gedicht «Galathea» von P. C. Hooft (niederländischer Dichter und Historiker, 1581-1647).

«*O Venus, du heller Stern ... O Venus, Venus, Venus ...* Entschuldigung», sagte er dann höflich. «Es passiert leider in letzter Zeit immer häufiger, dass Bob sich wiederholt. Alterserscheinung!»

Edu schaltete ihn wieder in den Freilauf.

«Einige von Bobs Elektronenströmen laufen nicht mehr einwandfrei», fuhr der Roboter fort. «Darum ist es mit seinem Gedächtnis ab und zu schlecht bestellt. Vielleicht kannst du, Edu, Bob reparieren?»

«Ich werde mein Möglichstes tun», versprach Edu. «Du solltest eigentlich meine Hausaufgaben machen. Andererseits ist es auch schön, einfach ein bisschen mit dir zu plaudern. Also, mach weiter!»

Bob summte leise, während er nachdachte; dann sagte er plötzlich:

Wo Wälder sind, so heiß wie Feuer,
turmhoch und meilenweit ...

Er brach ab.

Mit einem Ruck schoss Edu hoch. «Wovon redest du da?», fragte er. «Wo ist das? Wo sind diese Wälder?»

«So heiß wie Feuer», sagte der Roboter. «Auch das ist ein Gedicht. Der Mann, der Bob gebaut hat, übersetzte es aus der englischen Sprache. Bob hat jedoch den Rest vergessen.»

«Schade», meinte Edu nachdenklich. «Es wird wohl auf einem anderen Planeten sein. Hier auf der Erde gibt es keine Wälder mehr ...» Dann runzelte er die Stirn. Sein Roboter war in der Tat ein wenig seltsam. Aber nett ist er doch, dachte er. Und obendrein werde ich ihn wieder tipptopp herrichten ...

Am nächsten Tag hatte Edu schulfrei, aber er erwachte noch früher als gewöhnlich – und zwar durch lautes Gepolter. Der Roboter war auf den Boden gefallen.

«Was soll das denn?», rief Edu erschrocken und ärgerlich zugleich. Er half dem Roboter beim Aufstehen und setzte ihn wieder auf den Stuhl. Glücklicherweise war nichts kaputtgegangen, nur eine Beule war hinzugekommen.

«Bob versuchte zu gehen», sagte der Roboter. «Er hatte vergessen, dass er keine Fußrollen mehr hat.»

«Dann sei bitte vorsichtig, bis du welche hast», sagte Edu. «Du kannst meine Rollschuhe haben; ich werde Helfer bitten, sie an deine Beine zu schweißen.»

«Wer ist Helfer?», fragte Bob.

«Der Roboter meiner Eltern.»

«Bob ist dein Roboter. Bekommt er bald neue Füße?»

«Auf der Stelle!», sagte Edu, doch verbesserte er sich dann: «Sobald Helfer zurück ist. In einer Woche.»

«Dann kann Bob eine Woche lang nur herumsitzen», sagte der Roboter. «Ein Bob mit Fußrollen kann viel mehr.» Sein verbeultes Gesicht hatte etwas Trauriges, und sein rechtes Auge blinkte, als ob es träne.

Edu dachte daran, wie oft er zugesehen hatte, wenn Helfer Geräte reparieren und schweißen musste. Und vielleicht ... «Ich könnte es ja auch einmal versuchen», schlug er unschlüssig vor.

Zehn Minuten später standen Bob und er in der Werkstatt, die ansonsten das Reich ihres überlasteten Roboters war. Aber noch bevor er anfangen konnte, erschien sein Vater in der Tür, im Schlafanzug und außer sich. «Was fällt dir denn ein? Mit deinem lärmenden Roboter hast du deine Mutter und mich aufgeweckt!»

2m
MEASURING
TAPE
207

«Ich will seine Füße montieren ...», begann Edu zaghaft.

«Bist du verrückt? Das kannst du doch gar nicht.»

«Es dauert noch so lange, bis Helfer zurück ist», sagte Edu. «Ich weiß genau, wie es geht.»

Sein Vater zog die Stirn kraus, sagte dann jedoch: «Nun gut – wenn ich dich dabei im Auge behalten kann. Du musst also noch eine Stunde Geduld haben ...»

Mittags hatte Bob seine Fußrollen. Es hatte Edu und seinen Vater ziemliche Mühe gekostet, denn sie waren so schwere Arbeit nicht gewohnt. Die Mutter meinte, sie habe noch nie solch eine Unordnung in der Werkstatt gesehen. «Jeder Roboter macht das besser», sagte sie. «Ich werde dem Miet-Roboter sagen, dass er alles aufräumt, wenn er nachher kommt. Aber dann muss Bob einkaufen gehen.»

Bob wollte nur zu gerne seine neuen Fußrollen ausprobieren, und Edu begleitete ihn, um ihm den Weg zum Supermarkt zu zeigen. Obendrein war er auch neugierig darauf, wie sein Roboter die erste Bewährungsprobe bestehen würde. Bob erledigte die Einkäufe ganz ordentlich, wenngleich er sich etwas ungeschickter bewegte als ein moderner Roboter. Edu war sehr zufrieden mit ihm.

Auf dem Rückweg begegneten sie zwei von Edus Freunden – Mick und Ivor. Die bekamen große Augen. «Wer ist das denn?», krähte Mick.

«Das ist Bob», verkündete Edu, «mein Roboter. Ich habe ihn von meinem Taschengeld gekauft, ganz für mich allein.»

«Wie komisch der aussieht», sagte Ivor.

«Er ist antik», sagte Edu. «Echt antik!»

«Puh!», machte Mick abschätzig. «Steinalt ist der! Er fällt ja schon fast auseinander.» Er gab Bob einen Stoß.

«Lass das!», rief Edu wütend.

Der Roboter rotierte einmal um die eigene Achse, zwinkerte mit beiden Augenlichtern und begann dann krächzend zu sprechen:

«Was du nicht willst, das man dir tu,
das füg auch keinem andern zu ...»

«Was sagt er da?», fragte Ivor verblüfft.

«Ein Gedicht», sagte Edu und legte schützend seinen Arm um Bob. «Er kennt Gedichte; er ist antik, das sagte ich doch.»

«Er ist total verrostet!», spottete Mick.

«Du bist doch nur neidisch», sagte Edu.

Das wollte Mick natürlich nicht zugeben. «Ein rostiger alter Roboter!», lästerte er noch einmal lautstark.

«Und wenn schon. Deine Hausaufgaben darf er jedenfalls nicht machen», sagte Edu hochmütig. «Komm mit, Bob.»

Ivor begleitete ihn; er beäugte Bob aufmerksam und ein wenig beeindruckt. Mick hingegen stieg in sein Atom-Mobil, fuhr an ihnen vorbei und rief noch einmal spöttisch: «Hurra, ein rostiger alter Roboter!»

«Nimm es dir nicht zu Herzen, Bob», sagte Edu.

«Roboter können sich nichts zu Herzen nehmen», bemerkte Ivor. «Sie haben keine Gefühle.»

Das wusste Edu natürlich auch. Bob war aus Metall und besaß nur einen Elektronenschaltkreis. Aber irgendwie schien er trotzdem zu lebendig, um ausgelacht zu werden.

III.

Helfer, ihr überlasteter Roboter, kehrte ausgeruht nach Hause zurück. Aber jetzt war Edu fix und fertig, denn er hatte mit Bob alle Hände voll zu tun gehabt. Er hatte den Rost abgescheuert und den alten Roboter auf Hochglanz poliert. Er hatte ihn genau studiert, lange Gespräche mit ihm geführt, ihn an verschiedenen Stellen geöffnet und wieder zugeschraubt. Er war noch einmal zum Flohmarkt gegangen, um bei Herrn Ing einen weiteren Doldar seiner Schuld abzuzahlen. Von dem netten alten Mann hatte er auch noch ein Element bekommen, für nur einen halben Doldar.

«Ab sofort muss Helfer wieder einkaufen gehen», sagte Edu seinen Eltern. «Die Außenluft ist überhaupt nicht gut für Bob.» In Wahrheit war es jedoch so, dass er nicht gerne mit Bob durch die Straßen ging. Nicht nur, weil fast jeder dem Roboter nachstarrte. Nein, er hatte auch Angst, dass Bob etwas zustoßen könnte.

«Bob soll also keine Einkäufe mehr machen? Meinetwegen», sprach sein Vater. «Er gehört dir ganz allein. Aber dann darfst du auch keinen Gebrauch mehr von Helfer machen. Ein Roboter ist genug für dich.»

Edu stimmte zu, doch plötzlich fiel ihm ein: «Und meine Hausaufgaben? Bob kann doch nicht lesen und multiplizieren!»

«Das ist deine Sache», sagte sein Vater. «Du wolltest doch alles Wichtige in seinen großen Kopf stopfen?»

Und damit fingen die Schwierigkeiten an. In der letzten Woche hatte Edu zufälligerweise nur Additionen als Hausaufgaben gehabt. Aber einen Tag später bekam er Multiplikationen auf. Seine Freunde wollte er nicht um Hilfe bitten, denn dann hätte er zugeben müssen, dass Bob nicht alles konnte. Also verbrachte er den nächsten Morgen mit einer Strafarbeit im Klassenzimmer und schimpfte auf den dummen Bob und auf seinen hartherzigen Vater.

Als er fertig war, zog er nach kurzem Zögern das Mikrofon näher heran und sagte: «Zentraler Rechenlehrer, darf ich Sie etwas fragen?»

«Was gibt es, Edu?», antwortete die Stimme im Kopfhörer.

«Wie lernt man multiplizieren?»

«Aber Edu, das hast du doch gerade eine Viertelstunde lang getan!»

«Ja, mit dem Rechner», sagte Edu. «Ich meine aber: ohne Rechner.»

«Du willst multiplizieren ohne Rechner?», wiederholte der Zentrale Rechenlehrer so erstaunt, wie es einem Computer nur möglich ist.

«Nein, nein!», beeilte sich Edu zu sagen. «Ich habe einen Roboter, und der soll das Multiplizieren lernen. Ich habe bereits ein Element dafür gekauft, und ich kenne jemanden, der mir gezeigt hat, wie man es einbaut. Aber was muss ich auf das Element schreiben?»

«Nun», sagte der Zentrale Rechenlehrer, «zuallererst muss der Roboter die Zahlenreihen kennen. Schließ das Element an ein Mikrofon an und diktiere ihm alle Reihen von Eins bis Zehn.»

«Und dann?», fragte Edu.

«Das wird vorläufig ausreichen», sagte der Zentrale Rechenlehrer.

«Könnten sie mir die Reihen einmal aufsagen?», fragte Edu.

«Nimm dir dafür einen Computer», beschied ihn der Zentrale Rechenlehrer. «Und jetzt ist es Zeit, nach Hause zu gehen; die Schule wird geschlossen.»

«Zentraler Rechenlehrer! Einen Moment noch!»

Edu vernahm ein Klicken, dann war es still. Also ging er heim.

Mittags wanderte eine hehre Lichtgestalt über alle vier Wände des Fernsehzimmers; es war der Starke Joe, der Held der Kinderstunde. Aber Edu sah nicht zu. Er hockte in seinem Zimmer, Bob gegenüber, und murmelte verdrossen: «Die Schule ist zu, und Helfer darf ich nicht benutzen. Aber wenn du nicht schleunigst die Zahlenreihen lernst, muss ich jetzt jeden Tag nachsitzen.»

Er dachte nach und kam seufzend zu dem Schluss, dass er es selbst tun musste. Die Zweierreihe war nicht sonderlich schwer; er hatte zehn Finger und zehn Zehen, mit denen er sie berechnen konnte. Die Dreierreihe kostete ihn schon mehr Mühe. Um auf dreißig zu kommen, benutzte er außer Fingern und Zehen auch seine Hände und Füße, Augen, Ohren, Nase und Mund.

«Wenn man bedenkt, dass ein moderner Roboter das in einer Sekunde schafft!», sagte er zwei Stunden später.

«Wenn du das Element in Bobs Kopf eingesetzt hast, kann er es auch so schnell», sagte sein Roboter.

«Ja, klar – nachdem ich es vorgerechnet habe! Und das

sind erst zwei Reihen …» Edu ging aus dem Zimmer und rief nach Helfer.

Dieser glitt hinzu, erinnerte ihn aber sogleich: «Du weißt doch, dass du keinen Gebrauch von mir machen darfst, Edu!»

«Ich will dich gar nicht gebrauchen!», rief Edu. «Du sollst nur meinem Roboter helfen; das ist doch etwas anderes. Bitte bring ihm die Zahlenreihen bei. Von Vier bis Zehn.»

Helfer rollte in das Zimmer hinein, und Edu ließ die beiden Roboter allein. Eine Viertelstunde später vernahm er jedoch ein bösartiges Knistern, gefolgt von einem lauten Poltern. Er rannte hinüber und riss die Tür auf.

Helfer stand in der Mitte des Zimmers und Bob lag auf dem Boden.

«Was ist hier los?», rief Edu. «Habt ihr euch gestritten? Helfer, du hast ihn doch wohl nicht geschlagen?»

«Nein», sagte Helfer mit kühler Stimme. «Er fiel einfach um. Er ist ein außergewöhnlich schlechtes Modell. Ich kann ihm nichts beibringen, denn er läuft auf einem anderen Schaltkreis als ich. Das war eine schlechte Idee, Edu! Beinahe hätte es einen Kurzschluss gegeben.» Damit verließ er das Zimmer.

Edu sammelte Bob auf, untersuchte seine Blessuren (glücklicherweise nichts Ernstes) und beseitigte sie. Danach setzte er sich missmutig an den Tisch und spielte mit den Schrauben in einer Schachtel. «Außergewöhnlich schlechtes Modell», murmelte er. «Was denkt er sich eigentlich, dieser Blechheini.»

Dröhnend laut begann Bob ein Gedicht vorzutragen.

Edu gebot ihm zu schweigen und sagte dann fest entschlossen: «Ein außergewöhnlicher Roboter sollst du werden, nicht mehr und nicht weniger! Morgen machen wir mit den Reihen weiter. Ich habe bestimmt hundert Schrauben in dieser Schachtel; wenn ich es damit nicht berechnen kann ...»

Nach drei Wochen konnte Bob multiplizieren. Eine weitere Woche später konnte er auch ein wenig dividieren.

«Dieses Element ist voll», sagte Edu eines Tages. «Wenn ich meine Schuld abbezahlt habe, kaufe ich noch eines. Freust du dich auch, Bob?» Er berührte einige Tasten am Zahlenfeld und fragte: «Wieviel ist neun mal sieben?»

«Dreiundsechzig!», krächzte Bob.

«Richtig!», rief Edu. «So ist es, dreiundsechzig.» Dann runzelte er die Stirn. Irgendwie hatte er auf einmal das Gefühl, dass hier etwas Merkwürdiges vorging, aber er wusste nicht was. Lange grübelte er allerdings nicht darüber nach; er wollte seine Hausaufgaben so schnell wie möglich fertig haben. «Du musst jetzt etwas schreiben», sagte er zu Bob.

«Was soll Bob schreiben», fragte der Roboter.

«Ich darf schreiben, was ich will», antwortete Edu, «wenn nur die Seite voll wird. Du kannst dir selbst etwas ausdenken.»

«Bob kann sich nichts ausdenken», sagte der Roboter. «Bobs Meister denken sich alles aus. Bob führt nur aus, was seinen Elementen diktiert wurde.»

«Dann schreib etwas auf, das auf deinen Elementen steht», sagte Edu. «Und kannst du nicht endlich einmal von dir selbst als Ich sprechen? Was du sagst, klingt so kindisch.»

«Ich ist eine Person», sprach der Roboter. «Bobs Konstrukteur hat ihn gelehrt: Bob ist keine Person; Bob ist ein Roboter.»

«Das kann schon sein», sagte Edu, «aber alle modernen Roboter sagen einfach Ich, wenn sie über sich selbst reden. Helfer, zum Beispiel.»

«Bob ist kein moderner Roboter», beharrte Bob. «Moderne Roboter denken, dass sie Personen sind. Aber Roboter sind keine Personen, es sind Roboter. Du redest als Ich von dir, und Bob sagt Bob.»

Dann beschrieb er das Blatt Papier mit schönen, etwas altmodischen Druckbuchstaben. Es war ein so langes Gedicht, dass es den Hausarbeiten-Roboter am nächsten Tag in Erstaunen setzte – so sehr, dass er es dem Schuldirektor vorlesen ließ, dem einzigen Lehrer an Edus Schule, der kein Roboter, sondern ein Mensch war – beziehungsweise: eine Person, um Bobs Worte zu gebrauchen.

Edus Eltern waren ebenfalls erstaunt, allerdings auch ein wenig besorgt. Es konnte doch nicht gut sein, wenn sich ihr Sohn jede freie Minute – und davon gab es eine ganze Menge – mit seinem Roboter beschäftigte.

«Du brauchst im nächsten Jahr eigentlich überhaupt nicht getestet zu werden», meinte sein Vater. «Ich habe den Eindruck, dass du Roboter-Ingenieur werden willst.»

«Ganz und gar nicht», widersprach Edu. «Ich werde Weltraumforscher. Bob wird mir dabei helfen.»

«Redest du darüber mit ihm die ganze Zeit?», fragte sein Vater. «Ich finde, du solltest mal wieder deine Kapuzenjacke anziehen und nach draußen gehen.»

Edu gehorchte; und wie von selbst gelangte er nach einiger Zeit wieder auf den Flohmarkt. Er betrat den Laden des alten Herrn Ing, der inzwischen ein guter Freund geworden war.

«So, so – da bist du ja wieder», sagte dieser. «Ich habe tatsächlich noch ein Element für dich aufgetrieben.»

«Aha», sagte Edu und nahm ihm gegenüber am wackligen Tisch Platz. «Ich muss ihnen noch vier Doldars bezahlen, und mein Taschengeld bekomme ich erst übermorgen.»

«Wie geht es Bob?», fragte Herr Ing.

«Gut, aber mittlerweile wiederholt er sich immer häufiger, vor allem wenn man den Freilauf einschaltet», sagte Edu. «Aber das nehme ich ihm nicht übel», setzte er schnell hinzu. «Er ist der netteste Roboter, den ich kenne.»

«Vielleicht musst du ihm etwas Neues beibringen», schlug Herr Ing vor. Mit dem Kopf deutete er auf das Element. «Da passt noch eine Menge drauf.»

Edu nahm es vorsichtig in die Hand. «Ich würde ihm am liebsten Lesen beibringen», sagte er. «Dann könnte er mir vorlesen. Und ich würde einmal etwas anderes hören. Aber wie macht man das?»

«Ganz einfach», meinte Herr Ing. «Schreiben kann er schon – du musst ihm nur noch beibringen, wie man die Buchstaben ausspricht. Einen kennst du ja bereits, das E. Es bleiben also noch 25 Buchstaben übrig. Der erste ist das A …» Er kramte einen Stift aus der Hosentasche und zeichnete ein A auf die Tischplatte.

«Sie können schreiben?», rief Edu überrascht aus.

«Und lesen auch», sagte Herr Ing. «Schließlich verkaufe ich antike Bücher.» Er überlegte einen Moment und fügte dann hinzu: «Ich kann es dir auch beibringen, und du könntest es deinem Roboter diktieren.»

«Können sie es nicht direkt Bob diktieren?», fragte Edu.

«Ich habe keine Zeit, um zu dir zu kommen», sagte Herr Ing. «Und Bob hierher bringen willst du nicht.»

«Ich *kann* es nicht», verbesserte Edu. «Bob ist wirklich zu alt für solch einen langen Ausflug.»

«Nun, dann geht es wohl nicht anders, als ich vorgeschlagen habe», sagte Herr Ing. «Es kostet dich auch nichts.»

«Aber das Element ...», meinte Edu zögernd.

«Das bekommst du dieses eine Mal von mir geschenkt», sagte Herr Ing.

Eine Stunde später war Edu bereits auf dem Heimweg. In der einen Tasche seiner Kapuzenjacke befand sich das Element. In der anderen Tasche steckte ein gefaltetes Stück Papier, auf dem alle Buchstaben des Alphabets standen. Den ganzen Weg wiederholte er sie laut, um sie nicht zu vergessen, bevor er bei Bob war.

IV.

Einen Monat später saß Edu an seinem weißen Tisch im Klassenzimmer und gähnte herzhaft.

«Edu Jansen soll sich die Hand vor den Mund halten, wenn er gähnt», sagte die Metallstimme aus dem Wandlautsprecher. «Eigentlich dürfte er überhaupt nicht gähnen. Menschen sollten um diese Zeit nicht mehr müde sein! Was hast du dazu zu sagen, Edu?»

«Ich ... ich weiß nicht», stotterte Edu.

«Schlag dein Lesebuch auf», befahl die Stimme, «und lies Seite 27 vor.»

Edu schlug sein Buch auf und blätterte darin.

«Beeile dich ein wenig!», forderte die Stimme.

Eilig suchte Edu die Seite 27 und begann, diese laut vorzulesen. *«Eines wunderschönen Tages stieg Brim in seine Rakete und flog zum ...»*

«SSStop», rief die Metallstimme. «Was machst du da?»

«Ich lese ...», begann Edu, und plötzlich wurde ihm bewusst, dass er es anders als sonst getan hatte.

«Ohne Vorleseapparat?», fragte die Metallstimme. «Einen Moment bitte; ich muss neue Instruktionen erfragen ...»

Alle Kinder starrten Edu sprachlos an. Schließlich begannen sie leise zu flüstern. Edu bekam einen hochroten Kopf; schnell lief er zum Vorleseapparat und legte sein Buch auf das Pult.

Kurze Zeit später betrat der Direktor höchstpersönlich

das Klassenzimmer. «Was höre ich da?», sagte er. «Edu Jansen, du hast ohne Vorleseapparat gelesen?»

«Ich kann es aber auch auf die normale Weise, Herr Direktor», versicherte Edu. «Hören sie nur …» Der Apparat begann: *«Eines wunderschönen Tages stieg Brim in …»*

Der Direktor schaltete den Apparat jedoch ab und fragte: «Hast du so lesen gelernt; ich meine: direkt aus dem Buch?»

«Ich musste, Herr Direktor!», sagte Edu. «Sehen Sie, ich habe einen Roboter, der das nicht konnte. Und um es ihm beizubringen, musste ich es erst einmal selbst lernen.»

Der Direktor sah ihn durchdringend an. «Warum», fragte er dann, «wolltest du deinem Roboter das Lesen beibringen?»

«Ich habe ihn doch für meine Hausarbeiten gekauft!», rief Edu. «Sonst müsste ich ja alles selber machen!»

Blitzartig durchzuckte ihn die Erkenntnis, dass er unbeschreiblich dämlich gewesen war …

Und natürlich, da sprach es der Direktor auch schon laut aus: *«Aber jetzt machst du es doch auch selbst, Edu!»*

Glücklicherweise schrillte just in diesem Moment die Klingel – zum Zeichen, dass der Schultag zu Ende war. Die Kinder gingen hinaus, laut redend oder tuschelnd. Edu hingegen wurde noch vom Direktor zurückgehalten.

«Wir sind noch nicht fertig, mein Junge», sagte er. «Erzähl mir mehr von deinem Roboter.»

«Es gibt nichts zu erzählen», sagte Edu, dem gar nicht

wohl in seiner Haut war. «Ich habe Bob … ich meine: meinen Roboter, gebraucht gekauft. Auf dem Flohmarkt.»

«Flohmarkt, aha», wiederholte der Direktor. «Ich frage mich ernsthaft, ob du wirklich auf diese Schule gehörst, Edu. Ich werde einmal mit deinen Eltern reden, ob du nicht getestet werden solltest …»

«Aber mein Roboter ist wirklich gut!», rief Edu. «Ganz bestimmt, Herr Direktor! Er macht meine Hausarbeiten ohne jeden Fehler, Herr Direktor!»

«Geh jetzt nach Hause», sagte der Direktor nicht unfreundlich. «Du hörst noch von mir.»

Edu gehorchte; in besonders schlechter Laune kam er zu Hause an.

Seine Eltern merkten schnell, dass ihn etwas bedrückte. Aber als sie danach fragten, antwortete er, es sei nichts. Er traute sich einfach nicht, ihnen davon zu erzählen. Man stelle sich vor, er würde von der Schule verwiesen! Es wäre allerdings auch kein Wunder – er war wirklich zu dämlich gewesen!

Edu schloss sich in seinem Zimmer ein. «Ich bin ein Idiot!», sagte er bitter zu Bob. «Ich habe dich gekauft, damit du meine Hausaufgaben machst … und was ist passiert? Ich habe mich fast zu Tode geschuftet, um dir alles beizubringen, was ich jetzt selbst auch weiß! Oh, es ist nicht deine Schuld. Aber was habe ich jetzt noch davon, dass du lesen kannst? Ich kann es selbst genauso gut.»

Bob sagte nichts, nur sein Kopf wackelte ein wenig.

«Mach doch wenigstens den Mund auf!», rief Edu und schaltete den Freilauf ein.

«Bob wurde gebaut zur Hilfe und Zerstreuung», sagte der Roboter. «Bob kann lesen – er kann Bücher vorlesen und Gedichte aufsagen. Bob hat viele schöne Verse in seinem Gedächtnis. Sein Konstrukteur liebt Ge... Ge... Ge...»

« ...dichte!», beendete Edu. «Das weiß ich.»

«Entschuldigung», sagte Bob. «Es passiert leider in letzter Zeit immer häufiger, dass Bob sich wiederholt. Eine Alterserscheinung! Einige von Bobs Elektronenströmen laufen nicht mehr einwandfrei. Aber Bob hat kaum noch freie Steckplätze in seinem Kopf. Dafür hat sein neuer Meister gesorgt ...»

«Ach, Bob, du bist ein guter alter Roboter!», sagte Edu besänftigt. «Und ich werde dir noch mehr Elemente einbauen. Warte nur ab! Wenn der Direktor meiner Schule vorbeikommt, wird er sehen, dass du ein sehr gescheiter Roboter bist. Dann wird er es schön bleiben lassen, mich fortzuschicken! Ich mag die Schule zwar überhaupt nicht, aber einfach so wegschicken lasse ich mich auch nicht. Was meinst du?»

«*Wo Wälder sind, so heiß wie Feuer ...*», begann Bob. Er gab ein Krachen von sich und setzte dann hinzu: «Bob muss einen Moment schweigen, er läuft heiß.»

Dieser Vers war einer der wenigen, die Edu niemals langweilten. Er brachte ihn immer wieder dazu, an fremde Planeten zu denken. Und da kam ihm eine prachtvolle Idee. «Warte einen Moment», sagte er.

Er lief in das Zimmer seines Vaters, in dem ein Buch lag, dessen Abbildungen er sich früher öfter angesehen hatte. Jetzt konnte er auch den Titel entziffern: «*Wunder des Weltraums*», aber der Inhalt war noch zu schwer für ihn. Dieses Buch nahm er mit und legte es vor Bobs Augenlichtern ab.

«Lies das!», befahl er. «Studiere und lerne es! Ich will, dass du ein weltraumkundiger Roboter wirst.»

«Ein weltraumkundiger Roboter», wiederholte Bob. Und er begann zu lesen, leise und monoton.

Edu setzte sich ihm zu Füßen. Er begriff nicht viel von dem, was er hörte, aber das war ihm egal. Zufrieden blickte er zu seinem Roboter auf, dessen Augenlichter abwechselnd aufleuchteten.

« *… und auf einer parabelförmigen Bahn*», las Bob. Es machte «Klick», dann sagte er: «Bob versteht das nicht. Bob fragt Edu, was eine parabelförmige Bahn ist.»

«Ich weiß es nicht», antwortete Edu.

«Wie kann Bob eine parabelförmige Bahn studieren, wenn Edu nicht weiß, was eine parabelförmige Bahn ist», fragte der Roboter.

«Ich hoffe ja gerade, dass du mir das nachher erklären kannst», sagte Edu. «Wenn du das Buch ausgelesen hast, solltest du es verstanden haben.»

Bob las weiter. Edu wurde schläfrig, aber er riss sich zusammen und gähnte nicht. «Siebenhundert Lichtjahre», las Bob, «siebenhundert Lichtjahre, Lichtjahre …»

Edu schrak hoch. Bob leierte weiter: «*Lichtjahre … Licht … Sonne … Planet … heiß! Wo Wälder sind … Wäl …*» Knirsch! Kracks!

Für eine Sekunde flackerten Bobs Augen hell auf, dann erloschen sie eines nach dem anderen. In seinem Kopf machte es «Pling!» Dann war es todstill.

Edu sprang auf. «Bob!», schrie er. «Bob!»

PLUTO
MARS
AARDE
VENUS

Durch seinen Aufschrei alarmiert, stürzten seine Eltern ins Zimmer. «Edu, was ist?», rief seine Mutter.

Edu aber starrte seinen regungslosen Roboter an und flüsterte nur: «Bob!» Er schüttelte ihn, drückte den grünen, dann den weißen Knopf, aber nichts begann zu summen oder zu ticken.

«Bob ist kaputt», bemerkte sein Vater. Er beugte sich über den Roboter und fügte hinzu: «Und ich fürchte, dass er nicht mehr zu reparieren ist.» Dann legte er seine Hand auf Edus Schulter. «Nimm es nicht so tragisch», sagte er. «Er war sehr alt, und vielleicht hast du ihm zu viel abverlangt. Aber du hast doch auch viel Freude an ihm gehabt.»

Edu schluckte. Er konnte doch nicht um einen Roboter weinen! «Ich kann ihn bestimmt noch reparieren», meinte er, während er mit zitternden Fingern an den Schrauben zu drehen begann.

Sein Vater holte Helfer hinzu. Aber schon nach kurzer Zeit kamen beide zum selben Ergebnis: «Schaltkreis zerstört, Elektronengehirn ausgebrannt, alle Sicherungen durchgeschmort.»

Gebannt blickte Edu auf das Schildchen in Bobs Nacken. Zum ersten Mal las er, was darauf stand: *ING.*

«Herr Ing», flüsterte er. «Herr Ing hat Bob gemacht, und er kann ihn sicherlich auch reparieren! Ich muss sofort zu ihm, mit Bob.»

Seine Eltern sahen sich an. «Geh nur», sagte sein Vater, «und nimm eines unserer Atom-Mobile.» Seine Mutter wollte ihn begleiten, aber Edu sagte, dass er lieber alleine ginge.

Herr Ing schüttelte langsam den Kopf. «Nein», sagte

er, «da ist nichts mehr zu machen. Der Roboter ist vollkommen zerstört.»

«Es ist meine Schuld!», sagte Edu. «Ich wollte ihm zu viel beibringen. Und jetzt ...» Er schniefte vernehmlich.

«Du darfst ruhig weinen», sagte Herr Ing. «Aber nicht um Bob. Bob war nichts weiter als etwas Metall und ein Elektronenschaltkreis.»

«Wie können Sie so etwas sagen!» Edus Stimme bebte. «Sie haben ihn doch selbst gebaut.»

«Genau deshalb bin ich so sicher», meinte Herr Ing. «Es ist lange her, dass ich ihn konstruiert habe, und er hat seinen Zweck mehr als erfüllt.»

Edu betrachtete noch einmal das eigenartige Gesicht, das ihm doch so lieb geworden war. «Bob konnte alles», sagte er. «Rechnen, schreiben, lesen, sprechen ...»

«Alles, was auch du konntest», betonte Herr Ing. «Und alles, was er konnte, stammte von dir! Bob war keine Person, kein Mensch! Er war eine Maschine, in die du dein ganzes Wissen hineinpacken konntest. Jetzt ist die Maschine kaputt, aber dich gibt es doch noch! Du kannst alles, was Bob konnte – und noch vieles mehr.»

Nachdenklich zog Edu die Augenbrauen zusammen. «Das ist wahr», gab er zu und putzte sich die Nase. «Ich habe wie ein Verrückter geackert, um alles in seinen Kopf zu bekommen.»

«Und das alles, obwohl du ihn gekauft hattest, um dir Arbeit zu sparen», sagte Herr Ing lachend. «Oder hat es sich etwa doch gelohnt?»

Edu lachte nicht mit. Das war etwas, über das er länger nachdenken musste. Bob war zur Hilfe und Zerstreuung geschaffen worden – aber was der Mühe wert war, musste man dennoch selber machen ... *Hilfe und Zerstreuung* ... Jetzt konnte er selbst nachschlagen, was Zerstreuung bedeutete ... Aber die Gedichte, die Bob vorgetragen hatte, die Gespräche, die sie geführt hatten ...

«Bob wusste doch mehr als ich!», sagte er. «Und es ist nicht wahr, dass ...» Er stockte und sah Herrn Ing an. «Sie!», flüsterte er. «Sie haben ihn gemacht! Also ...»

«Also hast du dich eigentlich, wenn du mit Bob gesprochen hast, mit mir unterhalten», schmunzelte Herr Ing. «Aber du kannst vielleicht besser mit mir direkt reden.»

Nun endlich lachte auch Edu und sagte: «Da haben sie mich ja schön an der Nase herumgeführt!»

Ein letztes Mal musterte er den verbeulten alten Roboter. Er würde ihn nie vergessen; nie wieder würde er so einen Roboter haben. Aber weinen würde er nicht um das bisschen Metall und einen ausgebrannten Schaltkreis.

Trotzdem fühlte er sich eigentümlich leer, als er nach Hause fuhr.

Zu Hause erwarteten ihn seine Eltern voller Ungeduld; sie waren froh, dass er wieder zurück war. Und sie hatten große Neuigkeiten für ihn.

«Edu», sagte seine Mutter, «dein Schuldirektor war gerade bei uns. Er meint, dass du auf die weiterführende Schule gehen solltest.»

«Die weiterführende Schule?», meinte Edu überrascht. Das war die höhere Schule, für die man normalerweise einen besonderen Test ablegen musste.

«Er findet, dass seine Schule zu einfach ist für einen Jungen, der selber lesen kann», erklärte sein Vater. «Was sagt man dazu! Der alte Bob hat dir tatsächlich etwas beigebracht.»

Edu schwieg. Er wusste nicht, ob es ihm gefallen würde, auf eine andere Schule zu gehen. Aber seine Eltern schienen begeistert zu sein; also hielt er lieber den Mund.

«Dann werde ich wohl doch einen neuen Roboter für dich kaufen müssen», sagte sein Vater. «Einen mit Elementen für Algebra- und Weltraumkunde … und natürlich noch weiteren freien Steckplätzen im Kopf!»

Weltraumkunde … Da plötzlich erinnerte sich Edu wieder an den Vers: *Wo Wälder sind, so heiß wie Feuer …* Er wusste jetzt, dass Herr Ing ihm darüber noch viel mehr erzählen könnte.

Aber, dachte er, vielleicht frage ich ihn gar nicht danach. Wenn ich Raumfahrer werde, kann ich sie doch auch selbst entdecken.

Intermezzo

*Von «Roboter vom Flohmarkt»
zu «Route Z»*

Mit dem *Roboter vom Flohmarkt* hat er angefangen: Der Teil meiner Erzählungen, der oft als SF (Science Fiction) bezeichnet wird. Ich selbst nenne sie lieber Zukunftsgeschichten. Doch längst nicht jede SF-Geschichte spielt sich in der Zukunft ab, auch nicht jede Zukunftsgeschichte – man muss sie nur aufmerksam lesen …

Im Anschluss an die vorstehende Geschichte schrieb ich sogleich eine Fortsetzung; schließlich musste ich Edu ausführen lassen, was er sich vorgenommen hatte. Also reiste er als junger Mann auf einen anderen Planeten, um dort die Wälder zu entdecken. Über die Venus wusste man damals noch nicht viel. Noch kein Raumfahrzeug hatte herausgefunden, was sich unter ihren Wolken verbarg.

Die Venus wurde daher für Edu und mich zum Planeten *Wo Wälder sind* (*Waar wouden zijn*). Beide Geschichten erschienen in einer Reihe, in der Lesetexte für die Grundschule zusammengestellt werden, gemeinsam mit zwei weiteren Erzählungen: *Der bunte Pfeifer* (*De bonte Pijper*) und *Die Zeit wird es lehren (De Tijd zal het leren)*; letztere ist schließlich in *Das Geheimnis des Uhrmachers* eingegangen.

Die zweite Geschichte über Edu, *Wo Wälder sind*, erwies sich als ein Anfang, der sich zu einem umfangreichen Buch auswachsen sollte: *Turmhoch und meilenweit*.

Vor und nach Erscheinen des Buches (1969) schrieb ich auch wieder Kurzgeschichten. Eine von ihnen war eine Art Fortsetzung von *Der bunte Pfeifer.* Sie wurde in Deutschland im Septemberheft 1984 der Zeitschrift T. N. A.* veröffentlicht, denn damals konnten gerade 700 Jahre vergangen sein, seit der Rattenfänger in Hameln aufgetaucht war. Sie schilderte, was geschehen könnte, wenn jemand, der aus dem Mittelalter stammt, in einer modernen Stadt landet, mitten während der Hauptverkehrszeit ...

Wie wäre es, wenn ich dieses umkehrte und jemanden aus der Zukunft mit den heutigen Verkehrsverhältnissen konfrontierte? Als ich mich mit dieser Idee beschäftigte, entdeckte ich, dass sich als Hintergrund die Zukunft besser eignete, wenngleich der Verkehr aus unserer Zeit weiterhin eine Rolle spielen würde. Ich nannte diese Geschichte *Route Z.* Und ich kann hinzufügen, was ich damals noch nicht wusste: Sie spielt ungefähr zehn Jahre später als der *Roboter vom Flohmarkt*, noch dazu in derselben Stadt ...

Tonke Dragt

* Tijdschrift voor Nederlands en Afrikaans, herausgegeben vom Institut für Niederländische Philologie der Universität Köln; Übersetzung: Liesel Linn.

Route Z

I.

«Wenn Sie Route Z fahren, sind Sie gegen keinerlei Schäden versichert», sagte der Roboter am Schalter. «Warten Sie einen Moment. Hören Sie zu, was ich Ihnen zu sagen habe.»

«Ich weiß schon längst, was du mir sagen musst», entgegnete der junge Mann, ein Junge eigentlich noch. Er wollte weitergehen, aber der metallene Roboterarm hielt ihn zurück.

«Ich weiß nicht, ob Sie es wirklich wissen», sprach der Roboter weiter. «Sie haben Route Z zum erstenmal gewählt. Bitte beachten Sie daher meine Warnung. Meine Eigentümer haften nicht für Schäden, die Ihnen auf Route Z entstehen. Sie fahren diese Strecke auf eigenes Risiko. Ich wiederhole: auf eigenes Risiko. Und ich rate Ihnen dringend davon ab.»

«Ich danke dir», sagte der Junge mit spöttischer Höflichkeit. «Aber ich werde deinen Rat natürlich nicht befolgen. Ehrlich gesagt, glaube ich nicht, dass du das wirklich ernst meinst.»

«Was soll ich nicht wirklich ernst meinen?», fragte der Roboter.

Der Junge lachte auf. «Deine Warnung», antwortete er, während er die Hand öffnete, um den Zündschüssel in Empfang zu nehmen. «Auf eigenes Risiko! Und gleichzeitig muss man für diese Route das meiste bezahlen.»

«Der hohe Preis soll die Leute abschrecken», sagte der

Roboter. «Und ich meine immer, was ich sage; so bin ich programmiert. Fahren Sie bitte nicht. Nehmen Sie Route X, oder notfalls Y …»

«Ich habe für Z bezahlt», sagte der Junge ungeduldig. «Und ich habe dir meinen Führerschein gezeigt. Also los! Mach schon, gib mir den Schlüssel.»

Der Roboter gehorchte. «Fahrzeug vier», sagte er. «Eine halbe Stunde beziehungsweise dreißig Minuten.»

Er zog seinen Arm zurück, sodass der Junge passieren konnte.

Kurz darauf betrat der Junge ein völlig andere Welt. Er wusste natürlich, dass sie nicht echt war, dass beinahe alles nur Kopie war: Kulissen, Projektionen … Aber es schien *Wirklichkeit* zu sein: Ein *Stadtviertel* aus alter Zeit, mit Häusern, Straßen, Menschen und … Verkehr. Die Straßen waren größtenteils echt, ebenso die Fahrzeuge in ihrer bunten Farb- und Formenvielfalt. Authentische Automobile, die man sonst nur in Museen bestaunen konnte, fuhren hier umher, bogen um Straßenecken, bremsten, fuhren an, blieben vor Masten stehen, wenn an diesen Lichter aufleuchteten – rote Lichter –, und fuhren weiter, wenn die Lichter auf Grün wechselten.

«Hallo, mein Junge, bist du hier auch richtig?», fragte ein großer, kahlköpfiger Mann, der plötzlich neben ihm auftauchte. Sein Gesicht zeigte deutliche Missbilligung. «Die neueste Kirmesattraktion! Machen Sie eine Autofahrt wie im zwanzigsten Jahrhundert … Man sollte es verbieten.»

«Warum?», fragte der Junge. «Sie selbst sind doch auch hier.»

OLDTIMER GARAGE
FINA
FABRIC
PROGRAM
SVHS

«Ich schaue es mir nur an. Ich werde mich ganz bestimmt nicht hinter ein Lenkrad setzen. Du schon, nicht wahr? Je gefährlicher, desto lieber. Bist du nicht ein bisschen zu jung für solche Abenteuer?»

«Ich bin achtzehn», sagte der Junge schroff. «Und ich besitze einen Führerschein.»

«Na, dann mal los. Ich werde dich bestimmt nicht zurückhalten.» Der Glatzköpfige machte eine Handbewegung. «Autofahrer, Fußgänger. Sag mal ehrlich, weißt du, was Menschen sind und was Roboter?»

In der Ferne quietschten Bremsen, dann folgte das widerliche Geräusch von Metall, das auf Metall prallt. Danach waren wütende Stimmen und das Heulen einer Sirene zu hören.

«Geh nur, schau's dir an!», sagte der kahle Mann. «Heutzutage ist alles beinahe echt. Welch eine Verschwendung von Maschinen und Material! Mindestens zehn Unfälle pro Tag; manchmal fließt sogar Blut!»

Der Junge zuckte die Schultern und ging zum Parkplatz hinüber, wo drei lange Reihen Autos unter drei verschiedenen Schildern warteten: X, Y und Z.

Zu seinem Ärger begleitete ihn der stämmige, kahlköpfige Mann. «Du hast doch nicht etwa vor, Route Z zu fahren?»

Der Junge blieb stehen, halb wütend, halb beunruhigt. Dieser Kerl sieht aus wie jemand von der A.f.a.W., dachte er. Ich hab' zwar einen Führerschein, aber … «Was geht Sie das denn an?», fragte er.

«Junger Mann, noch kannst du dir einreden, dass alles nur Roboter sind. Aber es sind auch *Menschen* darunter … wie du und ich. Und die meisten, ja, die schlimmsten

Unfälle werden von Menschen verursacht; erst recht auf Route Z. Wenn sie die nicht schleunigst verbieten ...»

«Aber noch ist Route Z nicht verboten», sagte der Junge ärgerlich. «Niemand kann mir etwas wollen, wenn ich die fahre. Und wäre es zehnmal hintereinander.»

Aber es ist erst das erstemal, dachte er, als er hinter dem Steuer des Wagens saß, der ihm für eine halbe Stunde gehören sollte. Dieser Glatzkopf steht bestimmt noch irgendwo und beobachtet mich ... Na wenn schon. Route X ist total langweilig, und Route Y fahre ich im Schlaf. Und jetzt also: Z!

Aus dem Lautsprecher neben seinem Kopf ertönte die Roboterstimme eines Verkehrsleiters. «Achtung, Wagen Z4! Starten Sie bitte. Geradeaus, die mittlere Straße.»

Der Junge drehte den Zündschlüssel, trat die Kupplung ... Wer über diese uralten Wägelchen lacht, hat überhaupt keine Ahnung! Er weiß gar nicht, wie schön es ist, alles selbst zu machen ... Er fuhr langsam an, dann schneller ... Selbst schalten, selbst lenken ...

Die Stimme des Verkehrsleiters sagte: «Achtung, Z4. An der Kreuzung links abbiegen.»

Die *Fahrtroute* durfte er nicht frei wählen. Er wusste, dass viele Straßen nur Attrappen waren, Kulissen, Computersimulationen, dreidimensionale Bilder, projiziert auf ...

«Achtung! Sie fahren jetzt Route Z. Wir geben ihnen nur den Weg an, keinerlei Warnhinweise ...»

Und Anweisungen werden nicht wiederholt, wusste der Junge. Links abbiegen ... einordnen ... Hier auf Route Z ist man selbst verantwortlich.

Er fuhr wieder langsamer. Ziemlich starker Gegenverkehr! Er überlegte kurz, wie viele dieser Wagen echt waren, wie viele von Menschen und wie viele von Robotern gelenkt wurden ... Dann akzeptierte er alles als Wirklichkeit. Das kostete ihn nur wenig Mühe; außerdem würde er nur dann gut fahren und richtig reagieren können auf all die unvorhersehbaren Gefahren, die ihm bevorstehen konnten.

Er war inzwischen problemlos links abgebogen und erreichte eine breite Straße, eine Einbahnstraße. Er beschleunigte den Wagen, musste aber unvermutet abbremsen, weil ein seltsam zerbrechliches, zweirädriges Fahrzeug aus einer Seitenstraße herausschoss und knapp vor ihm die Fahrbahn kreuzte.

Gerade noch rechtzeitig! Der Schweiß brach ihm aus. Im Rückspiegel sah er, dass der Fahrer des Zweirades abgestiegen war und ihm eine geballte Faust nachschickte. Ein Verrückter ... ach was, nur ein Roboter ...

Aber auf Route Z konnte man auch Menschen begegnen; das wurde jedenfalls gemunkelt. Und alle Materialschäden musste man aus eigener Tasche bezahlen ...

«Die zweite Seitenstraße rechts ...», sprach die Roboterstimme neben seinem Ohr.

Konzentriere dich. Du hast einen Führerschein ...

Schon wieder musste er bremsen. Ein Schild an der zweiten Seitenstraße verbot die Einfahrt ...

«Sollte das nicht möglich sein», sagte die Roboterstimme *(spöttisch?)*, «nehmen Sie die nächstfolgende.» *(Nein, Roboter spotten nie!)* «Und danach die erste links.»

Eine lebhafte Geschäftsstraße mit Verkehr und Fußgängern, sowohl auf der Straße selbst als auch auf ... nein,

Rollsteige gab es hier nicht. Ein uniformierter Mann (oder ein Roboter, der einem Menschen zum Verwechseln ähnlich sah) blies in seine Trillerpfeife und gab Handzeichen: Umleitung!

«Folgen Sie von nun an allen Schildern, die ein Z tragen, bis zum Runden Platz», befahl die Roboterstimme.

Irgendwo hinter dem Jungen heulte wieder eine Sirene. Ein Krankenwagen raste haarscharf an ihm vorbei ... Gleichzeitig musste er auf die Schilder am Weg achten: Umleitung Route Z. Rechts ... und noch einmal rechts ...

«Am Platz nach wie vor in Richtung Z weiterfahren. Bitte rechtzeitig einordnen.»

Mittlerweile begann es zu dämmern. *Ist es schon so spät?*

Endlich erreichte er den Runden Platz, an dem viele Straßen zusammentrafen. Ringsum lärmende und brummende Autos, überall Ampeln und große Schilder.

Der Junge atmete erleichtert auf, als er den Platz hinter sich gelassen hatte und sah, dass er sich noch immer auf der richtigen Route befand.

«Z4, erste Abzweigung links», sagte der Verkehrsleiter.

Eine breite, übersichtliche, zweispurige Straße, wo er ruhiger und trotzdem schneller fahren konnte. Der Junge seufzte zufrieden. Allerdings wurde es immer dunkler und die Scheinwerfer der entgegenkommenden Wagen blendeten ihn manchmal empfindlich.

Habe ich eigentlich meine Scheinwerfer eingeschaltet? Aber ja, natürlich ...

Der Motor schnurrte; er schaltete in den vierten Gang – welche Höchstgeschwindigkeit galt hier eigentlich?

Die Lampen der entgegenkommenden Autos erinnerten ihn an Augen, gefährliche Augen von ausgestorbenen Tieren. *Ein lächerlicher Gedanke. Aber Autos sind ausgestorbene Kreaturen!*

«Achtung, Z4. Hinter der Brücke schräg rechts abbiegen.»

Es war eine ruhige Landstraße. Vielleicht sogar wirklich außerhalb, denn der Asphalt war nass. Wahrscheinlich vom Regen, der nachmittags gefallen war. Die Beleuchtung war schlecht; es hieß also, besonders gut aufzupassen.

Der Junge umfaßte das Lenkrad beinahe liebkosend. «Nein, du hinter mir, du kannst mich nicht überholen! Denn ich fahre mit Höchstgeschwindigkeit, und das Übertreten der Spielregeln ist verboten.»

Der Junge begann leise zu singen, er trat das Gaspedal noch ein wenig weiter durch.

Völlig unerwartet huschte eine kleine Gestalt über die Straße, ein Schatten, ein Tier, eine Katze …

Er bremste hart und abrupt.

Er wusste nicht, ob er das Tier noch erfasst hatte, denn zu vieles passierte jetzt gleichzeitig. Er spürte einen heftigen Schlag gegen die Stirn, irgendetwas prallte mit einem entsetzlichen Knall von hinten gegen seinen Wagen. Er verlor die Gewalt über das Lenkrad, alles drehte sich. Dann stand er still. Totenstille.

Aber ich lebe noch. Au, mein Kopf! Gegen die Windschutzscheibe geschlagen …

Plötzlich zerriss Lärm die Stille. Stimmen, Hupen von einem oder mehreren Wagen … Noch ein Knall, ein Schrei, weit entfernt eine Sirene.

Jemand riss die Tür auf. Ein kreidebleiches, wütendes Gesicht sah ihn an. «Du Idiot! Wie kannst du nur …»

Wenig später stand der Junge auf der Straße, noch etwas unsicher und schwindelig. Durch seine unerwartete Vollbremsung waren noch zwei, nein, drei andere Wagen hinter ihm ineinander gefahren. Am vorderen Auto war die Fahrertür aus den Angeln gesprungen; ein Körper hing heraus … *Nein, nein … doch nicht … bloß kein Blut!* Noch mehr Menschen. Wo kamen die nur so schnell her? *Oder Roboter? Bitte keine Menschen!*

Die Sirene heulte nun unerträglich laut. Uniformierte Männer umringten ihn; auf ihren Kappen und Kragenspiegeln stand: *Route Z.* Einer von ihnen sprach ihn an: «Wie konnten Sie nur?»

«Da war eine Katze», sagte der Junge. «Eine Katze, ein Kätzchen … es überquerte plötzlich …»

«Eine Katze?» Das war das kreidebleiche Gesicht. «*Katze*?»

«Immer mit der Ruhe», sagte der Uniformierte. «Der Junge ist verletzt.»

«Und was ist mit dem da?», schrien andere.

«Zur Seite! Polizei! Krankenwagen!», riefen wieder andere.

Nicht hinsehen, dachte der Junge. Alles tanzte vor seinen Augen. Er ging ein Stück beiseite und glaubte mit einemmal, die Katze zu sehen, zusammengekauert und zitternd am Straßenrand. Jemand packte ihn grob. «Komm mit!»

«Es war eine Katze», keuchte er atemlos. «Sehen Sie nur! Ihre Augen …»

«Katze!» Es klang vorwurfsvoll. «Ein *Roboter*! Ein Roboter, um deine Reaktion zu testen.»

Der Junge wusste nicht mehr, was er sagen, denken oder tun sollte; willenlos ließ er sich mitführen. Er spürte, dass man ihn in ein anderes Fahrzeug setzte und wegfuhr. Wohin, das wusste er nicht.

II.

Der Junge öffnete seine Augen und kniff sie sofort wieder zusammen. Lampen, Menschen und Roboter. Er hing halb liegend in einem Sessel in einem großen gelben Raum.

Irgendwer sprühte Pflaster auf seine Stirn.

Jemand fragte: «Wie geht es ihm?»

«Er hat noch einmal Glück gehabt. Tüchtige Kopfschmerzen sind genau das, was er verdient. Route Z fahren und dann aus heiterem Himmel eine Vollbremsung machen ...»

«Nicht aus heiterem Himmel», protestierte der Junge schwach. «Da war eine Katze.»

Eine andere Stimme sagte in sehr strengem Ton: «Selbst wenn dort eine Katze gewesen wäre, hätten Sie nur bremsen dürfen, wenn niemand hinter Ihnen gefahren wäre.»

«Ja», murmelte der Junge. Er fühlte sich schrecklich elend und er konnte – nein, wagte es nicht, die Augen wieder zu öffnen. «Der im Wagen hinter mir ...» fragte er. «Dieser ... dieser Verletzte, das war doch kein Mensch? Ein Roboter, oder?»

«Ich bin beinahe versucht zu antworten, dass es ein Mensch war. Tödlich verletzt», sagte ein Stimme, die ihm bekannt vorkam. «Doch der Ehrlichkeit halber muss ich zugeben, dass es ein Roboter war. Allerdings ... es hätte ein Mensch sein können. Auf Route Z hätte es ebenso gut ein Mensch sein können.»

«Das ist nicht wahr, Herr Akke», warf die strenge Stimme ein. «Wir sorgen dafür, dass die von Menschen gelenkten Wagen immer durch eine Anzahl Maschinen und Roboter voneinander getrennt sind.»

Der Junge atmete tief durch und blickte kurz auf. Ja, Herr Akke war der glatzköpfige Mann, dem er kurz vor seiner Abfahrt begegnet war. A.f.a.W., dachte er, er ist bestimmt von der A.f.a.W. Neben ihm stand ein Mann, der zum Verkehrspark gehörte, ein Hochrangiger wahrscheinlich – in Uniform und mit X-Y-Z auf dem Kragenspiegel.

Der kahle Mann namens Akke beugte sich riesengroß über ihn. «So so, langsam kommst du wieder zu dir ...»

Gleich fragt er mich bestimmt, wie ..., dachte der Junge. Aber ich halte den Mund. Er griff sich mit beiden Händen an den schmerzenden Kopf.

«Stell dich nicht so an, Bursche», sagte Akkes Stimme. «He, Medi-Ro, komm einmal her und gib ihm einen Schluck *Vital.*»

Eine unbekannte Stimme sagte von irgendwoher, aus weiter Ferne: «*Aber die Katze war kein Roboter!*»

Es wurde schlagartig still. Jemand zog die Hände des Jungen herunter und hielt ihm einen Becher hin. Es war nicht Herr Akke. Der hatte sich umgedreht und unterhielt sich mit jemandem, den der Junge nicht sehen konnte.

«*Was sagen Sie da?* Wer sind Sie denn?»

«Ich fuhr ebenfalls Route Z, im dritten Wagen hinter diesem Knaben. Die Katze war kein Roboter. Ich sah sie am Straßenrand, kurz bevor ich hierher musste. Es war eine echte Katze.»

«Unmöglich!» und «Das kann nicht sein!», widersprachen zwei Angestellte des Verkehrsparks wütend.

«Warum ist das unmöglich?», fragte Herr Akke. «Das müssen Sie mir mal erklären, Herr Ras. Als Direktor tragen Sie schließlich die Verantwortung.»

Der Direktor war der Mann mit der strengen Stimme. Er sagte: «Wir lassen nun wirklich keine Katzen überfahren.»

«Menschen dagegen schon?», erkundigte sich Herr Akke übertrieben freundlich.

«Auch keine Menschen!»

«Das war bisher nur purer Zufall», sagte Herr Akke, dessen Stimme mit einemmal sehr kühl klang. «Route Z hätte schon längst verboten werden müssen. Und nach heute Abend wird die Abteilung für allgemeines Wohlbefinden alle Hebel in Bewegung setzen, um dafür zu sorgen, dass das endlich geschieht. Zunächst einmal fordert die A.f.a.W. alle Anwesenden – Menschen und Roboter – auf, als Zeugen auszusagen.»

«Aber es ist doch nichts Ernstes passiert», sagte Herr Ras. Seine Stimme klang jetzt gar nicht mehr streng. «Ein paar Schrammen und eine Beule, und ein wenig Blech- und Maschinenschaden. Selbstverständlich wird der Schuldige den Schaden bezahlen müssen.»

Der Junge hörte das alles mit an, während er langsam den Becher austrank. Als es wieder still wurde, hörte er, wie seine Zähne gegen das Plastik klapperten. Er ließ den leeren Becher einfach fallen und versuchte sich geistig gegen die vielen Menschen um ihn herum zu wappnen.

Der Direktor ... wie hieß er doch wieder? Ach ja, Ras ... sah jetzt auf ihn herab. «Dieser junge Mann ...», begann er.

«Ja, dieser junge Mann», fiel Herr Akke ihm ins Wort. *(Dachte ich's nicht gleich: von der A.f.a.W.)* Er zog einen Sessel heran und setzte sich vor den Jungen hin. Dann stellte er die gefürchtete Frage: «Wie alt bist du eigentlich?»

«Achtzehn», erwiderte der Junge.

Herr Akke lächelte mitleidig; auch seine Zähne waren sehr groß und sehr weiß. «Bürschchen, flunkere mir nichts vor!»

«Natürlich ist er achtzehn», sagte der Direktor des Verkehrsparks. «Hier ist sein Führerschein, von uns ausgegeben und beglaubigt. Nur jemand, der achtzehn Jahre oder älter ist, kann ihn erwerben und so die Erlaubnis erhalten, Route Z zu fahren.»

Herr Akke nahm den Führerschein in die Hand und betrachtete ihn kritisch. «Tatsächlich, gültig und beglaubigt», sagte er, «aber trotzdem nicht in Ordnung.» Er wandte sich wieder an den Jungen.

«Bart Doran, geboren in Neu-Babylon. Wie alt bist du, Bart? Komm schon, du weißt doch, dass ich nur den Zentralcomputer zu fragen brauche, um dahinter zu kommen.»

Das wusste der Junge natürlich. Trotzdem sagte er nichts, sondern starrte sein Gegenüber nur weiterhin feindselig an. (*Die A.f.a.W. kriegt doch alles heraus; soll er es selbst herausfinden.*)

«Na los», sagte der kahle Mann leise.

Der Junge spürte seinen Widerstand schwinden. Sein Kopf schmerzte immer noch, und er sehnte sich nach Stille und Dunkelheit. Plötzlich empfand er alles als unwirklich. Warum soll ich es ihm sagen? Er weiß es ja doch. «*Niemand, niemand hat mir erzählt, was niemand, niemand weiß …*» Er schluckte und sagte dann: «Ich bin sechzehn, siebzehn im November.»

«Und woher nimmst du dann die Dreistigkeit, Route Z zu fahren?», fragte Herr Akke. «Obwohl du ganz genau wusstest, dass …»

«Ich hatte doch meinen Führerschein», hielt ihm der Junge schwach entgegen. «Ehrlich erworben, wirklich wahr. Ich habe gleich beim erstenmal bestanden.»

«Das ist doch … Er hat uns zum Narren gehalten!», rief der Direktor des Verkehrsparks. «Wir waren davon überzeugt, dass er achtzehn ist. Das muss ein Fehler der Verwaltung sein.»

«Natürlich, natürlich», sagte der Mann von der A.f.a.W., während er aufstand. In seiner Stimme lagen Ungläubigkeit und Spott. «Aber wie dem auch sei, Herr Ras, zwei Dinge sind sicher: Erstens besitzt dieser Junge einen Führerschein, den er zwar auf unehrliche Weise erworben, aber auf ehrliche Weise bestanden hat. Zweitens ist er minderjährig und kann daher rechtlich nicht für den Schaden haftbar gemacht werden.»

Allgemeines Schweigen.

Bart Doran verbarg sein Gesicht wieder hinter den Händen. Er hatte keine Lust mehr, zuzuhören oder nachzudenken.

«Kopf hoch, Junge», sagte Herr Akke, nun seinerseits streng. «Du gehst jetzt sofort nach Hause und legst dich ins Bett. Ein Medi-Roboter wird dich begleiten. Wo wohnst du?»

«Bezirk Zwei … Acht …»

«Bei deinen Eltern oder einem Elternteil? Oder …»

«Jugendunterkunft Acht.»

«Eine gute Unterkunft! Warum hast du nur ... ach, egal. Hör mir gut zu, Bart. Montag, also übermorgen, meldest du dich bei der A.f.a.W. Nicht in deinem Bezirk, sondern im Hauptquartier Nord. Zuerst in der Medizinischen Abteilung, danach bei mir persönlich: Akke. Hier ist meine Karte.»

Stimmengemurmel, Geflüster. Bart hörte nicht mehr hin. Mühsam stand er auf, die Karte in der Hand. Ein Medi-Roboter packte ihn am Ellenbogen. «Kommen Sie, ich werde Ihnen vier Pillen geben. Eine für jetzt, eine für heute Nacht, eine für morgen und ...»

«... eine für übermorgen, bei der A.f.a.W.», murmelte der Junge.

III.

«Ich gehe morgen nicht zur A.f.a.W.», sagte Bart Doran. Herausfordernd sah er sich im Kreis seiner Hausgenossen um: Freunde, Freundinnen und einfach nur Mitbewohner.

«Natürlich gehst du hin», widersprach Tru, die gerade Kaffee einschenkte. Tru war die Leiterin von Unterkunft Acht – und ältere Schwester, Pflegemutter, Betreuerin; jeder mochte sie, obwohl sie glaubte, alles besser zu wissen. «Du wirst wohl müssen, Bart. Und sei es nur, um uns weiteren Ärger zu ersparen. Ist dir eigentlich klar, was du angestellt hast? Lügen über dein Alter erzählen, ein Verkehrsunglück auf Route Z verursachen …»

«Halt den Mund», sagte Bart wütend. «Das war ein unglücklicher Zufall, das weißt du ganz genau.» Am liebsten wäre er weggelaufen; sein Kopf schmerzte noch immer, und er hatte trotz der Pillen des Medi-Roboters eine schlimme Nacht hinter sich. Voller Träume von Autoscheinwerfern, die ihn blendeten, und immer wieder der Moment der Vollbremsung und …

«War es wirklich eine … *Katze*? Eine echte Katze?», flüsterte Li neben ihm.

Bart schaute auf sie herab. Sie war zwölf Jahre alt, sah aber aus wie zehn: klein, schmächtig und mit gelblichem Gesicht. Wenn er zu Hause war, suchte sie immer seine Nähe, manchmal störte ihn das. Er würde sie nie als Freundin gewählt haben, und doch war zwischen

ihnen – fast unmerklich – ein ganz besonderes Band entstanden … beinahe so etwas wie Freundschaft. Vor allem durch die Katze, die Li mitgebracht hatte, als sie vor zwei Jahren in die Unterkunft eingezogen war. Die Katze, die nun schon einen Monat lang tot war.

Sia hatte das Tier geheißen. Li hatte es von ihrem Vater bekommen, als dieser im Urlaub aus Ostasien gekommen war. Katzen waren fremdartig: überlebende Verwandte großer, schöner, aber ausgestorbener Tiere, wie Tiger, Panther und Jaguar. Und Lis Katze war wirklich etwas ganz Besonderes: hübsch, cremefarben, mit dunklen Ohren, dunklem Schnäuzchen und Schwanz, und mit blauen Augen. «Mein Vater sagt, dass sie einer uralten Rasse angehört», hatte sie erzählt. «Ein Siamese!» Li war sehr schüchtern, und nur ihrer Katze gegenüber war sie sie selbst. Das Tier war verrückt nach ihr und gehorchte ausschließlich ihr. Von keinem anderen Bewohner der Unterkunft ließ sie sich etwas sagen, außer von Li … und von Bart. Offensichtlich konnte die Katze Bart gut leiden, und deshalb mochte Bart die Katze – nur zeigte das Tier seine Zuneigung deutlicher als der Junge.

Li suchte bei Bart Trost, als ihre geliebte Sia krank wurde; nur mit ihm hatte sie gesprochen, als das Tier gestorben war.

«Sie konnte nie mehr gesund werden, darum haben sie sie friedlich einschlafen lassen.»

«Unsinn!», sagte Bart. «Sie haben sie einfach abgemurkst.»

«Das darfst du nicht sagen. Abge …»

«Darf ich doch. Wenn man schläft, wacht man wieder auf. Wenn man tot ist, nicht. Nun heul doch nicht! Du hast selbst gesagt, dass sie nur noch jammerte und große Schmerzen hatte … Du musst deinen Vater um eine neue Katze bitten.»

«Nein! Nein!», schluchzte Li unter Tränen, aber entschieden. «Ich will nie wieder eine andere Katze.»

Einen Monat war das jetzt her … Bart sah Li an.

«Eine echte Katze, das würde ich schwören. Und …» Ein plötzlicher Gedanke ließ seinen Atem stocken, dann fuhr er fort: «Eine ganz gewöhnliche, denke ich. Bestimmt nicht so schön wie Sia. Aber was erwartest du von einer Katze, die jeden Moment totgefahren werden kann. Li, willst *du* sie nicht haben?»

«Ich? Ja … o ja», flüsterte sie. «Aber wie?»

«Ich werde sie für dich einfangen und hierher bringen.» Er schwieg, erschrocken über seine eigenen Worte.

Tru blickte besorgt von Li zu Bart. «Wie kannst du nur so etwas versprechen, mein Junge? Du weißt sehr gut, dass …»

Bart sprang auf. «Sei still. Ich schaffe es, ob du es glaubst oder nicht. Ich gehe jetzt gleich.»

Und er war weg, bevor jemand es ihm verbieten oder ihn zurückhalten konnte. Seit Sias Tod war Bart dasjenige Lebewesen in Unterkunft Acht, das sich am schwersten unter Kontrolle halten ließ.

Je näher Bart dem Verkehrspark kam, desto stärker reute ihn sein unbesonnenes Versprechen. Wie konnte ich das nur sagen? Man wird mich schon von weitem kommen sehen.

Langsam ging er auf den Eingang mit den drei Schaltern zu. Sie werden mich nicht einmal hereinlassen! Meinen Führerschein haben sie mir abgenommen und ... Er ging weiter. – Frechheit siegt! Ich habe gerade noch genug Geld für Route X, und dafür braucht man keinen Führerschein.

Dennoch war er erstaunt, dass der Roboter ihn ohne weiteres durchließ. Wie dem auch sei: Das erste Hindernis war überwunden. – Aber wie komme ich jetzt von Route X auf jene Landstraße von Z?, überlegte er. Und wie finde ich die Katze? Die ist doch längst über alle Berge.

«He, junger Mann! Komm einmal her!», rief jemand hinter ihm.

Bart drehte sich um. Verwundert war er nicht. Viel merkwürdiger war schließlich, dass man ihn überhaupt hereingelassen hatte. Zwei Männer beobachteten ihn. Der eine winkte ihm und den kannte er. Es war Herr Akke von der Abteilung für allgemeines Wohlbefinden. Er trug jetzt das offizielle grüne Gewand; an den Kokarden war sein hoher Rang abzulesen. Sein Kopf war jedoch noch genau so kahl wie immer, keine Kappe, Mütze oder Perücke. Neben ihm stand ein grauhaariger Mann in Violett, ein hochrangiger Ordnungshüter.

«Ich glaube, ich traue meinen Augen nicht!», sagte Herr Akke, als der Junge vor ihm stand. «Dies ist Bart Doran, über den ich gerade mit Ihnen gesprochen habe», erklärte er dem Ordnungshüter. «Kommt der Bursche doch tatsächlich noch mit dem Kopf voller Pflaster hierher zurück, um Route X zu fahren!»

Das hat ihm der Roboter am Schalter verraten, wusste Bart.

Herr Akke sah kopfschüttelnd auf ihn herab. «Wie kannst du es wagen ...», begann er.

«Ich komme überhaupt nicht wegen Route X», fiel Bart ihm ins Wort. «Sondern wegen der Katze! ... Um die Katze zu suchen.»

Herr Akke starrte ihn an. «Um die *Katze* zu suchen! Tatsächlich? Und wie willst du sie finden?»

«Darüber habe ich noch nicht nachgedacht», sagte Bart. Er kam sich plötzlich lächerlich und dumm vor. «Es ist nur ... nun ja, ich kenne jemanden, der wahnsinnig gerne eine Katze haben möchte. Und hier wird sie doch nur totgefahren.»

Der Ordnungshüter vergaß für einen Moment seine ernste Miene und lächelte.

Herr Akke lachte nicht. «Komm mit!», befahl er kurz angebunden.

Zusammen mit den beiden Männern ging Bart durch eine Tür und gelangte wieder in den gelb gestrichenen Raum, in dem er am Abend zuvor so elend in einem Sessel gehangen hatte. Diesmal hielten sich dort ziemlich viele Menschen und Roboter auf; die meisten Menschen waren Ordnungshüter. Nur *einen* beachtete Bart wirklich: Herrn Ras, den Direktor des Verkehrsparks. Auch dieser erkannte ihn sofort und sah ihn sehr böse an.

«Herr Akke, ich verstehe nicht», sagte er über den Kopf des Jungen hinweg, «warum sie den Burschen noch einmal hierher bestellt haben.»

«Ich habe ihn nicht herbestellt. Er ist von selbst gekommen», sagte Herr Akke. «Wegen der Katze. Ich habe ihn so verstanden, dass er die Katze haben möchte, damit sie nicht überfahren wird. Was halten Sie davon?»

Herr Ras schaute noch wütender drein; er kniff die Lippen zusammen und gab keine Antwort.

«Habe ich deinen Wunsch so richtig übermittelt?», fragte Herr Akke den einigermaßen verdatterten Bart. «Ja», stammelte der Junge, «aber ich möchte sie nicht für mich ... Die Katze ... Jedenfalls, wenn sie noch ...» Er schwieg.

«Die meisten beweglichen Wesen, die hier unerwartet die Straße überqueren, sind in der Tat Roboter oder sogar nur Projektionen, Gespenster», sagte Herr Akke. «Aber die Katze ...»

«Ein Zufall! Zufälligerweise hier hereingeschlüpft», unterbrach ihn Herr Ras.

«Das spielt jetzt keine Rolle.» Herr Akke legte seine Hand auf Barts Schulter und ging mit ihm in eine Ecke des Zimmers. Dort standen zwei Ordnungshüter vor einem Tisch. Auf dem Tisch stand ein verschlossener Korb. Fragend blickte Bart vom Korb zu Herrn Akke.

«Ja! Hierdrin steckt sie ... eine lebende Katze, gefunden neben Route Z.»

«Die einzige Katze, die wir haben finden können», sagte einer der Ordnungshüter.

«Also mir reicht dieses eine Biest auch völlig», meinte der andere und zeigte seine Arme, die mit blutigen Kratzern übersät waren.

«Geh jetzt endlich zum Medi-Ro», sagte sein Kollege. «Katzenkrallen sind nicht nur scharf, sondern können auch gefährlich sein: Infektionen, und so weiter.» Seine Arme und Hände waren voller Spraypflaster.

«O je!», sagte der Junge. Wenn ich die Katze wäre, hätte ich sie auch gekratzt, dachte er und fragte laut: «Darf ich sie sehen?»

«Ja, sicher. Aber bitte vorsichtig! Sie darf auf keinen Fall entwischen.»

Herr Akke und ein Ordnungshüter öffneten die Klappe des Korbes ein kleines Stück. Bart schaute in die gemein-gelben, wilden und ängstlichen Augen einer Katze, die – soweit er erkennen konnte – sehr häßlich und arg mitgenommen aussah: grau und schwarz getigert, mit einem eingerissenen Ohr.

«Könntest du schwören, dass das die Katze von gestern Abend ist?», fragte Herr Akke.

Bart dachte: Wie soll ich das denn mit Sicherheit wissen? Gleichzeitig aber antwortete er: «O ja, ja, sie ist es.»

Lachte Herr Akke jetzt oder nicht? «Bart Doran», sagte er mit Nachdruck. «Erkennst du diese Katze wieder?»

«Ja, ich erkenne sie.»

«Dann scheint es mir keine schlechte Idee zu sein, dass *du* sie mitnimmst ...» Herr Akke sah hinüber zum violettgekleideten Ordnungshüter, der zustimmend nickte, und dann zum Direktor, der sich unwillig abwandte.

«Ich hoffe, die Leitung deiner Unterkunft wird damit einverstanden sein, dass du das Tier in deine Obhut nimmst.»

«Sie ist nicht für mich, sie ist für jemand anderen.»

«Für wen denn?»

«Für Li. Ein Mädchen, das Katzen sehr gerne hat.»

«Das arme Kind! Damit tust du ihr was an», sagte der Ordnungshüter mit den Pflastern. «Das ist kein liebes Miezekätzchen, sondern ein wildes, falsches Biest!»

«Das glaube ich nicht», widersprach Bart. «Und Li, Li zähmt sie bestimmt. Ja, ganz sicher ...» Ich würde es zu gerne auch *selbst* probieren, dachte er, auf einmal fröhlich.

Wer aus seiner Unterkunft – außer Li – hatte denn jemals einfach so (na ja, *einfach so* …) ein *Kätzchen* geschenkt bekommen. Dafür würde er jede Strafe in Kauf nehmen.

«Magst du Katzen?», fragte Herr Akke.

«Hm … nicht besonders.»

Der Ordnungshüter lachte spöttisch und verschloss den Korb wieder. Herr Akke sagte zu ihm: «Bringen Sie bitte den Jungen und den Katzenkorb zu Unterkunft Acht und sorgen Sie dafür, dass beide wohlbehalten dort ankommen.»

«Natürlich, Herr Akke.»

«Und du, Bart, hör mir jetzt gut zu. Lass die Katze vorläufig im Haus. Und was dich betrifft: Sobald du zu Hause bist, hast du ebenfalls Hausarrest, bis du morgen zur A.f.a.W. kommst.»

«Ja, Herr Akke», sagte der Junge. Er nahm den Korb in die Hand. Fast unhörbar fügte er noch hinzu: «Und vielen Dank.»

Die Katze im Korb fauchte bösartig.

Epilog

Katzenaugen und Tigeraugen

Route Z wurde bisher noch nicht veröffentlicht – ebensowenig wie *De Schildersbende van Jock Martijn* (*Jock Martin und seine Malerbande*) und einige weitere Geschichten ohne Titel, denen auch ein Anfang, ein Ende oder gar beides fehlt. Die *Malerbande* schien mir für eine Kurzgeschichte zu verwickelt; sie sollte später zu einem Ausgangspunkt für meinen Zukunftsroman *Ogen van Tijgers* (1982, *Tigeraugen*) werden. Was *Route Z* angeht, so stimmen drei Kapitel in *Tigeraugen* im Wesentlichen mit der Geschichte in diesem Buch überein. Mit einem wichtigen Unterschied allerdings: Der kahlköpfige Mann, der später Akke heißen sollte, kam noch nicht vor. Der Junge hatte noch keinen Namen (ein ungünstiges Vorzeichen: Die meisten Personen ohne Namen sind noch «unfertig») und seine Erlebnisse nach dem «Ausflug» in den Verkehrspark beziehungsweise die folgenden Kapitel wurden immer wieder geändert; ein Holzweg (Route) folgte dem anderen. Der Junge wurde von Ordnungshütern verhaftet; meistens gelang es ihm zu entkommen, und er kehrte dann in den Verkehrspark zurück, um die Katze zu suchen. Immer wieder machte er sich auf die Suche nach dem Tier, aber er fand es nicht mehr – was eigentlich nicht meine Absicht war.

Geraume Zeit lag die Geschichte unfertig in einer Schublade; erst Jahre später erhielt nicht nur der Junge seinen Namen, auch Herr A. Akke tauchte plötzlich auf.

Glaubt mir, ich war ebenso überrascht wie Bart, ihn zu sehen! Endlich wusste ich, wie die Geschichte mit dem Jungen und der Katze ausgehen würde. Inzwischen war mir nämlich klar geworden, dass Barts Abenteuer nur der Teil eines größeren Ganzen war: schon wieder *Tigeraugen*. Aber ... die Geschichte war und ist genausogut davon unabhängig zu lesen, und daher steht sie in diesem Büchlein. Sie gleicht natürlich nicht mehr der allerersten Version; ich habe die Ereignisse den in den *Tigeraugen** beschriebenen angeglichen, wenngleich es noch ein paar Abweichungen gibt: Fragmente einer älteren Version, die zwingend in diese Fassung der Geschichte gehören.

Ich finde, dass *Route Z* sehr gut zum *Roboter vom Flohmarkt* passt. Nicht nur, weil die Geschichten in derselben Stadt spielen, sondern weil sich Bart Doran und Edu Jansen eines Tages begegnen werden. Bart noch immer sechzehnjährig, Edu als junger Mann, nach *Turmhoch und meilenweit* von der Venus zurückgekehrt ... Aber das ist eine andere Geschichte.

Tonke Dragt

* Eine deutschsprachige Ausgabe wird ab Herbst 1997 im Verlag Freies Geistesleben vorliegen.